AF246698

DES
INONDATIONS

PAR

UN PATRIOTE

VENDU AU PROFIT DES INONDÉS

PRIX : 50 CENT.

PARIS — 1875

PRÉFACE

Devant l'immensité des désastres occasionnés par le débordement de la Garonne, de l'Adour et de plusieurs gaves ou petites rivières du midi, qui a pour cause la fonte des neiges sous l'influence des pluies torrentielles des mois de mai et de juin, la charité universelle s'est montrée et se montre chaque jour à la hauteur des pertes subies par nos populations méridionales.

Après avoir contribué pécuniairement dans la limite de ses moyens mais non dans celle qu'il aurait désiré, l'auteur a voulu participer encore plus au soulagement des milliers d'infortunes causées par cette terrible inondation.

Dans ce but, il a entrepris, non pas le récit de l'épouvantable malheur qui vient de frapper nos concitoyens, et qui est présent à l'esprit de chacun, mais un traité sommaire des inondations depuis les temps les plus reculés jusqu'à nos jours, et il l'a mis en vente au profit des victimes.

Pour ceux qui désireraient avoir de plus amples renseignements, qui ne peuvent entrer dans le cadre restreint de l'ouvrage aujourd'hui soumis aux lecteurs, nous ne pouvons mieux faire que leur indiquer le savant livre de M. Maurice Champion qui renferme un résumé de tout ce qui a été écrit sur ce sujet.

DES INONDATIONS

Il y a *inondation* lorsque les eaux, sortant du lit qui doit les contenir, en dépassent les rives et s'étendent au loin, en couvrant parfois des espaces immenses. C'est le plus terrible fléau qui puisse attaquer les biens de l'homme. Dans son impétuosité, l'*inondation* renverse parfois des maisons et met en péril la vie humaine; elle dépose souvent sur les terres un gravier qui leur enlève leur fertilité, ou bien elle pourrit les récoltes et détruit en quelques heures les ressources d'une année entière; enfin, les émanations pestilentielles ou même simplement humides et marécageuses que l'eau laisse derrière elle en se retirant compromettent la santé et engendrent des fièvres lentes à guérir. Les cas dans lesquels l'*inondation* fertilise le terrain sont très-rares, et les débordements du Nil et du Gange, qui ont cette propriété, ne peuvent être regardés que comme de véritables exceptions.

CAUSES

Les causes d'*inondations* sont multiples et tiennent à des influences très-diverses. Parmi celles qui provoquent les débordements des fleuves et des rivières, nous citerons, comme la plus puissante, la fonte des neiges et des glaces accumulées pendant l'hiver sur les montagnes. Lorsqu'au printemps et pendant l'été, la température est modérée, la fonte des neiges a lieu graduellement, et l'écoulement des eaux déversées par les torrents dans les rivières s'opère d'une façon tranquille et régulière. Mais, au contraire, si le siroco et les vents du midi soufflent avec persistance, ils fondent en peu de temps une énorme quantité de glace et de neige; les torrents, tout à coup, se gonflent, et leurs eaux se précipitent, en renversant tout sur leur passage, vers les rivières, qui débordent à leur tour. Une autre cause d'*inondation* provient de pluies persistantes, lesquelles produisent des effets identiques. Parfois encore le fléau est produit par l'agglomération, en hiver, de blocs de glace aux endroits resserrés des fleuves ou des rivières, agglomération formant barrage et contraignant l'eau, en s'accumulant devant cet obstacle inattendu, à déborder bientôt. Que, par suite d'un dégel subit, la débâcle des glaces ait lieu alors, et l'*inondation* devient encore plus terrible dans ses effets destructeurs. Parfois, la crue d'une rivière perpendiculairement à un fleuve, arrête le cours de ce dernier, en repousse les eaux supérieures et provoque une *inondation*. C'est ce qui a lieu, par exemple, pour l'Arse, qui se jette dans le Rhône. Le même effet peut être produit, comme on le voit pour le Nil, lorsqu'un vent impétueux souffle avec persistance contrairement au courant d'un fleuve.

Outre ces causes, il en est d'autres, plus puissantes encore, qui agissent, soit sur les cours d'eau, soit sur la mer, et d'où peuvent résulter de véritables cataclysmes. Tels sont les tremblements de terre et les irruptions volcaniques. En jetant hors de leur lit les eaux de la mer ou des rivières, ils déplacent de grandes masses d'eau et peuvent donner naissance à des lacs et à des mers intérieures, en faisant converger les eaux dans des dépressions du sol. Les marées, lorsque le vent ajoute une nouvelle force à l'action du soleil et de la lune sur les eaux de l'Océan, peuvent également produire des *inondations* terribles. Certaines causes fortuites et imprévues peuvent encore donner lieu à ce fléau. Telle est, par exemple, la rupture des retenues naturelles de certains lacs d'où sortent plusieurs cours d'eau, ou bien encore la rupture de travaux artificiels exécutés pour protéger une contrée contre l'invasion des eaux, comme cela a lieu en Hollande à la suite de l'effondrement des digues qui servent de rempart contre la mer.

Enfin, dans certains cas, l'homme lui-même provoque des *inondations* dans un but déterminé. Il a employé l'*inondation*, en temps de guerre, comme moyen de défense : les Hollandais ont eu recours à ce moyen héroïque lors des invasions françaises, sous Henri II et Louis XIV. Il arrive encore fréquemment que les places fortes voisines d'une rivière possèdent, défendues par des ouvrages avancés, des écluses à l'aide desquelles on pourrait, au besoin, poursuivre l'ennemi fort loin par *inondation*. Les camps retranchés ont également recours quelquefois à ce moyen, à l'aide de barrages défendus par deux batteries.

HISTOIRE

En général, les *inondations* sont des phénomènes intermittents qui se produisent sous l'action d'une des causes dont nous venons de parler. Néanmoins, certains grands fleuves, appartenant pour la plupart aux régions équatoriales, sont sujets à des *inondations* périodiques et dont la durée est toujours à peu près égale, sous l'influence de pluies régulières ou de la fonte des neiges situées sur les montagnes où ils prennent leur source. Tels sont, en Asie, le Gange, l'Indus, divers fleuves de la côte de Coromandel, l'Euphrate ; en Amérique, le Mississipi, l'Orénoque, le Rio de la Plata ; en Afrique, le Niger et surtout le Nil, le plus célèbre de tous. Ce dernier fleuve couvre les campagnes riveraines, auxquelles il donne leur fertilité, pendant onze mois de l'année, du milieu de juin au commencement de mai suivant. En Europe, les fleuves ne sont point sujets à ces *inondations* périodiques ; ceux qui produisent le plus souvent ce fléau sont : en Angleterre, la Tamise ; en Allemagne, le Rhin et le Danube ; en Espagne, le Guadalquivir ; en France, la Loire, le

Rhône, la Seine et la Garonne; en Italie, le Tibre, l'Arno, le Pô; en Portugal, le Tage; en Russie, la Neva. Mais les ravages produits par les débordements de ces fleuves ne sont rien auprès de ceux qui proviennent de la mer et qui ont dû souvent modifier la carte du monde.

Dans des temps plus récents, les *inondations* de l'Océan ont produit des phénomènes étranges, tantôt convertissant en île un territoire jadis réuni au continent, tantôt changeant en une mer véritable un lac jusque-là insignifiant. En 363, par exemple, l'Angleterre vit une partie de ses côtes submergées par les eaux de la mer. La mer qui sépare Jersey de Coutances était autrefois une immense forêt. Au commencement du viie siècle, on allait encore à pied de Jersey à Coutances. En deux mois, l'Océan et le vent du nord bouleversèrent tout, brisèrent tout, disloquant la Neustrie, mutilant la Bretagne, arrachant par places dix lieues de forêt. En 1607, la mer s'avança à plus de deux lieues dans l'intérieur des côtes anglaises, principalement dans le comté de Somerset. Mais c'est surtout la Hollande, dont le sol est très-bas, qui a eu cruellement à souffrir de l'irruption de la mer, bien qu'il lui ait opposé des digues colossales, qui, à diverses reprises, ont été rompues sous l'action des eaux. Depuis 516 de notre ère jusqu'à nos jours, ce pays a eu à supporter soixante-deux *inondations*, dont les ravages ont causé des pertes incalculables. Nous citerons notamment celles de 808, de 1400, où le passage du Texel fut ouvert et forcé ; celle de 1421, pendant laquelle l'Océan produisit le Zuydersée et engloutit soixante villages avec leurs habitants ; celle de 1521, qui forma le golfe Biesboch et emporta soixante-douze villages ; celles de 1530, pendant laquelle les flots renversèrent plus de quatre cents villages et donnèrent naissance à la mer de Harlem ; celles de 1532, de 1557, de 1578, qui ravagèrent la Frise et jetèrent des vaisseaux dans l'intérieur des terres ; celle de 1634, qui amena la mort de plus de 7,000 personnes et de 50,000 animaux domestiques ; enfin, celles de 1541, 1647, 1658, 1671, 1782, 1800, 1808 el 1816.

Outre la Hollande, les pays les plus sujets à l'*inondation* sont la Chine, l'Allemagne, l'Angleterre, l'Italie et la France. Nous allons nous borner à indiquer rapidement la date des principaux débordements qui ont lieu dans ces divers pays et dans quelques autres.

En Chine, les *inondations* les plus désastreuses ont eu lieu en 404, en 1557, en 1634, en 1800 ; en Allemagne, les principales sont celles de 1100,

1457, 1571, 1578, 1722, 1762, 1800, où vingt-quatre villages furent détruits près de Presbourg, 1812; en Angleterre, celles de 573, 1100, 1557, 1607, 1707, 1721, 1782, 1789, 1791, 1792, 1812 et 1872 ; en Italie, celles de 649, 738, 761, 1550, 1557, année où les eaux formèrent le lac Roord ; de 1702, 1762, 1771, 1789, 1872. Citons encore les *inondations* qui eurent lieu dans le Chili en 1722, dans l'Inde en 1773 et 1872 (décembre), dans la Navarre en 1787, dans l'Irlande en 1787 et en 1816, à Saint-Domigue en 1800, à la Louisiane et au Bengale en 1818, en Russie en 1777 et en 1824, etc.

Quant à la France, qui nous intéresse plus directement, nous allons indiquer la date des principales *inondations*, en les groupant avec les grands fleuves qui les ont produites. — *Seine :* 583, 821, 886, 1196 (Philippe-Auguste est forcé d'abandonner le palais de la Cité et se réfugie à l'abbaye de Sainte-Geneviève), 1258, 1296, 1408, 1540, 1615, 1647, 1651, 1658 (les eaux s'élèvent à $8^m,95$), 1665, 1667, 1690, 1741, 1751, 1764, 1784, 1788, 1799, 1802, 1804, 1807, 1819, 1836, 1839, 1844, 1848, 1850, 1854, 1861, 1866, 1872.—*Loire :* 580, 1037, 1414, 1428, 1496, 1515, 1527, 1561, 1570, 1588, 1608, 1615, 1618, 1628, 1629, 1641, 1649, 1651 (dite l'année du déluge), 1661, 1707, 1709, 1710, 1733, 1755 (les eaux s'élèvent, à Tours, à 7^m,04 au-dessus de l'étiage), 1790 (les eaux s'élèvent à 7 mètres à Roanne), 1799, 1804, 1807, 1810, 1823, 1825, 1834, 1841, 1844, 1846, 1849, 1856, (année où la crue atteignit 7^m,50 et où la rupture de plusieurs digues amena d'énormes désastres), 1866, 1872. — *Garonne* : 1678, 1783, 1820, 1840, (la crue cette année-là atteignit à Langon 13^m,50), 1843, 1855, 1856, 1875, la plus terrible de toutes. *Rhône* : 580, 1358, 1476, 1501, 1529, 1544, 1570 (le faubourg de la Guillotière est complétement submergé), 1578, 1579, 1583, 1651, 1674, 1706, 1711, 1755, 1787, 1801, 1812, 1840 (la crue combinée de la Saône et du Rhône produit d'immenses désastres), 1852, 1855, 1556, 1859. — *Rhin* : 845, 896, 1012, 1198, 1275, 1343, 1390, 1480, 1641, 1715 (la crue s'élève à 12^m,40 au-dessus du minimum du niveau à Cologne), 1799, 1802, 1819, 1824, 1831, 1851, 1852 (plusieurs villages sont détruits), 1855, 1859, 1861.

MOYENS PRÉSERVATIFS

Quels sont les moyens les plus efficaces pour prévenir les *inondations* et pour en arrêter les effets destructeurs ? Les questions que soulève ce problème ne sont pas nouvelles ; mais on s'en est particuliè-rement occupé depuis quelques années, surtout à la suite des terribles *inondations* qui ont ravagé une partie de la France en 1856. Comme un des moyens préventifs les plus efficaces, on a proposé le reboi-sement des montagnes. M. Agenor de Gasparin, qui l'a préconisé d'une façon toute particulière, a très-bien démontré que les bois qui recouvrent les mon-tagnes retiennent les neiges et les glaces et ralen-tissent l'action des agents atmosphériques qui pro-voquent leur fonte rapide. Dans ses *Observations sur les moyens de reverdir les montagnes et pré-venir les inondations*, M. Miraval demande le re-boisement ; mais, pour qu'il soit efficace, il doit, selon lui, être accompagné du gazonnement, qui retient les eaux pluviales et retarde leur écoulement. En outre, il propose d'arrêter les ruisseaux et les torrents formés par les eaux pluviales, en les faisant

absorber par des fossés horizontaux, munis à leur
extrémité d'un réservoir, et d'établir, surtout au
pied des montagnes dénudées, de nombreux barrages arrêtant le rapide écoulement des eaux, et
pouvant servir, si l'on y joint des fossés, à d'utiles
irrigations.

C'est également en partant du même principe,
à savoir qu'il faut attaquer le mal dans sa cause et
non dans ses effets, que M. Rozet a proposé son système des digues criblantes, formées de masses de
rochers, et jetées à l'origine des torrents ou à la
source des fleuves. Ces digues auraient pour objet
d'arrêter les débris pierreux emportés par les torrents, de retarder considérablement l'écoulement et
l'impétuosité de l'eau, d'empêcher une irruption su-
bite dans le lit du fleuve, et de rendre les *inondations* à la fois moins grandes et moins désastreuses.

En partant de ce fait que les crues subites sont
provoquées bien plus souvent par l'eau des montagnes, qui glisse le long des rochers et se précipite
dans les fleuves, que par l'eau de pluie, en partie
pompée par la terre, on a proposé, pour retarder l'é-
coulement des eaux, d'élever, à tous les affluents
des rivières et des fleuves, des barrages avec un
étroit passage au milieu pour les eaux, qui sont
ainsi retenues. Si les lacs de Constance et de Genève

n'existaient pas, les vallées du Rhin et du Rhône ne seraient que deux vastes étendues d'eau. L'énorme volume d'eau que reçoivent ces lacs, par suite de la fonte des neiges, est arrêté par des montagnes au débouché des deux fleuves et ne s'écoule que suivant leur largeur. Sans cela, il en résulterait une effroyable *inondation*. La digue de Pinay, construite, en 1711, à 12 kilomètres en amont de Roanne, produit un résultat identique. Appuyée sur des rochers et sur un ancien pont romain, elle force les eaux à passer par un débouché de 20 mètres, et, en refoulant dans le Forez une masse d'eau de plus de cent millions de mètres cubes, elle a préservé plusieurs fois Roanne de la destruction. Le système des barrages paraît de tout point excellent là où l'on ne peut faire des digues dans le genre de celle de Pinay. Des barrages pleins, munis d'une vanne de fond et d'un déversoir superficiel, auraient le double avantage d'arrêter les effets de l'*inondation* et, en temps de sécheresse, de maintenir une utile portée d'étiage. Quant aux barrages qu'on pourrait multiplier dans les petites rivières, ils retiendraient les sables et ne laisseraient se déverser sur les terres qu'un limon fécondant. Ce système réunit à la fois l'efficacité et l'économie.

Quant au système de digues longitudinales, dites

insubmersibles, il est à peu près condamné aujour-
d'hui, excepté pour la protection des villes et dans
certains cas spéciaux. La Loire est le seul fleuve de
la France pour lequel ce système à la fois coûteux
et incertain ait été largement adopté. Il ne peut être
efficace qu'en s'étendant sur tout le parcours d'un
fleuve, ce qui nécessite des dépenses prodigieuses.
D'un autre côté, le lit du fleuve étant incessamment
envahi par les sables, il faudrait exhausser sans
cesse les digues, et plus elles sont hautes, moins
elles sont solides ; or, la moindre rupture d'une digue entraîne d'effroyables malheurs. Les digues
hautes doivent être réservées pour mettre à l'abri
les populations établies sur les lieux bas, et elles
exigent une solidité à toute épreuve. On a remarqué,
dans les *inondations*, que les grands travaux d'endiguement faits sur les fleuves, loin de la source, au
lieu d'arrêter l'effet destructeur des eaux, l'ont considérablement augmenté lorsqu'ils se sont brisés,
ce qui arrive fréquemment. Les grands désastres
qui eurent lieu dans la vallée de la Loire en 1856,
provinrent de la rupture du système d'endiguement.
Partout où les digues se rompent, l'eau fait ce que
fait un torrent ; elle emporte tout. Par contre, on a
remarqué que de simples haies, des plantations d'ar-
bres, en arrêtant le gravier, en amortissant le cou-

rant, ont préservé les maisons qui se trouvaient par derrière. Pour obvier à la rupture des digues, on y a pratiqué, depuis quelques années, des déversoirs auxquels l'eau n'arrivent qu'au moment où commence le danger de rupture. Par ce moyen, les eaux, cessant d'être retenues, s'écoulent sur des points préparés pour les recevoir.

Pour obvier aux *inondations*, M. Ducuing a proposé un vaste système de canalisation qui rétablirait l'équilibre entre le niveau des rivières et porterait à la mer toutes les eaux d'un bassin par une pente facile à calculer. Mais si ce projet présente de grands avantages, surtout au point de vue de la navigation régulière, il ne saurait être réalisé que par des dépenses colossales qui en rendent l'exécution bien difficile.

Pour protéger les villes contre les *inondations*, on a adopté le système des quais, contre les parois verticales desquels le flot envahisseur se brise. Les travaux de ce genre exécutés à Paris sont les plus remarquables qui existent au monde.

En résumé, pour arrêter les *inondations*, il faut, avant tout multiplier les obstacles et retenir l'impétuosité des eaux. Quant aux moyens à employer, ils varient nécessairement selon la topographie et les conditions locales. Il est donc à peu près impossible d'admettre l'emploi d'un système unique.

Terminons par quelques mots sur les travaux exécutés dans les quatre grands bassins de la Seine, de la Garonne, du Rhône et de la Loire. Dans le parcours de la Seine et de la Garonne, les digues sont rares; on a laissé, pour la plus grande partie, l'espace ouvert à *l'inondation*. Des travaux utiles ont été exécutés sur certains points de ces deux vallées, où l'on s'est particulièrement occupé de protéger les villes par des digues insubmersibles. Pour le bassin du Rhône, la situation est différente. Le Rhône a pour principal affluent la Saône. Or, la vallée de la Saône est tellement ouverte, que *l'inondation* s'y développe naturellement et que les digues sont inutiles. Entre Lyon et Beaucaire, on a établi une suite de digues discontinues et submersibles pour préserver certains points. Après Beaucaire, entre le grand et le petit bras du Rhône, on a construit une digue continue ; enfin, de Beaucaire à la mer, se trouve un système de digues submersibles. La Loire, de sa source à son embouchure, a 980 kilom. Sur la première partie, qui va de la source au bec de l'Allier, et dont l'étendue est de 480 kilom., il existe 53 kilom. de digues discontinues. Entre Briare et le confluent de l'Aulnois, près d'Angers, on a établi un système de digues continues sur une longueur de 400 kilom. Ces digues,

hautes de 5 mètres au siècle dernier, ont été por-
tées à 7 ; mais, par cela même ; elles ont perdu de
leur solidité et se sont rompues. Pour obvier aux
ruptures si désastreuses, on a établi dans ces digues
des ouvertures ou plutôt de simples réservoirs qui
laissent tomber les eaux dans les vallées les moins
riches et les moins peuplées. Ces réservoirs ont
rendu de grands services.

Pour montrer jusqu'à quel point il est utile d'at-
ténuer les effets des *inondations*, il nous suffira de
rappeler que les pertes individuelles, constatées par
des évaluations régulières, se sont élevées, pour
l'ensemble des départements frappés par *l'inondation* de 1856, à la somme de 177 millions.

Quant à celle qui dévaste en ce moment le Midi,
l'enquête qui sera faite ultérieurement nous appren-
dra jusqu'à un certain point le chiffre des pertes,
car il faut craindre qu'on ne le sache jamais exacte-
ment ; toutefois, on peut dire, presque sans crainte
de se tromper, que le chiffre des pertes dépassera
celui de 1856.

LÉGISLATION

C'est à l'autorité administrative, qui a reçu la mission de veiller à la sûreté générale, à rechercher et à indiquer les moyens de procurer le libre cours des eaux, d'empêcher les propriétés d'être submergées par la trop grande élévation des barrages des moulins et des écluses établis sur les rivières. En outre, une instruction relative aux sinistres de cette nature a été rédigée, en l'an VII, par les membres du bureau consultatif d'agriculture, et publiée par le ministère de l'intérieur. Mais indépendamment des mesures actives prises par l'administration et des travaux qu'elle a faits sur certains points du territoire pour prévenir les *inondations*, il était du devoir de l'Etat de venir au secours des propriétaires frappés par ce fléau.

C'est ainsi qu'on accorde des dégrèvements de la contribution foncière à ceux dont les terres ont été submergées (loi du 3 frimaire an VII); que le ministère des finances met dans chaque budget une certaine somme à la disposition du gouvernement, afin de le mettre à même de secourir ceux qui auraient souffert des *inondations*; de plus, lorsque ces sinistres portent le ravage dans toute une contrée, l'Assemblée nationale vote des secours spéciaux comme elle vient de le faire encore pour les départements du midi en adoptant la proposition Depeyre.

Lorsque l'*inondation* provient du fait de l'homme, elle peut donner lieu : 1° à une action privée intentée par le propriétaire qui en a souffert, en vertu du principe consacré par l'article 1382 du code civil ; 2° à une action publique, en réparation du délit prévu par l'art. 457 du code pénal, qui est ainsi conçu : « Sont passibles d'une amende qui ne peut excéder le quart des restitutions et des dommages et intérêts, ni être au-dessous de 50 francs, les propriétaires ou fermiers, ou toute personne jouissant de moulins, usines ou étangs, qui, par l'élévation du déversoir de leurs eaux au-dessus de la hauteur déterminée par l'autorité compétente, auraient inondé les chemins ou les propriétés d'autrui. » De plus, ajoute cet article, la peine est, outre l'amende, d'un emprisonnement de six jours à un mois, s'il en est résulté quelques dégradations.

Quand le dommage est le résultat d'une crue extraordinaire des eaux, il n'y a lieu à aucune réparation, toute responsabilité doit, en effet, disparaître devant un cas de force majeure.

Il arrive quelquefois que pour la défense d'une place de guerre, on se serve des eaux qui se trouvent dans les environs, afin de produire une inondation. Les propriétaires voisins sont alors tenus de supporter cette inondation moyennant indemnité. L'intérêt privé, doit en effet, s'effacer devant l'intérêt de tous. Ils ne doivent même pas faire aucun travail qui ferait écouler les eaux et détruirait l'*inondation* (Delalleau, *Servitudes pour la défense des places de guerre*).

Versailles. — Imprimerie de E. Aubert.